지금
여기

모시는 시인선

04

심규한 두번째 시집

지금 여기

둘레 모시는사람들

지금 여기

등 록 1994.7.1 제1-1071
1쇄 발행 2016년 2월 5일

지은이 심규한
펴낸이 박길수
편집인 소경희
편 집 조영준
디자인 이주향
관 리 위현정

펴낸곳 도서출판 모시는사람들 110-775
　　　　서울시 종로구 삼일대로 457(경운동 수운회관) 1207호
전 화 02-735-7173, 02-737-7173
팩 스 02-730-7173
인 쇄 (주)상지사P＆B(031-955-3636)
배 본 문화유통북스(031-937-6100)
홈페이지 http://modl.tistory.com/

값은 뒤표지에 있습니다.
ISBN 979-11-86502-40-2 03810

이 도서의 국립중앙도서관 출판시도서목록(CIP)은 e-CIP 홈페이지(http://www.nl.go.kr/
ecip)에서 이용하실 수 있습니다.(CIP제어번호: 2015035690)

서시

처마 밑

별빛
서리
바람
햇살
까치

꾸들꾸들
분 오르는
곶감

1부(2015년)는 천성산에서 쓴 시들이며, 2부(2014년)와 3부 (2012~2013년)는 내성천변에 살며 쓴 시들이다.

각 부 안에서는 씌어진 순서대로 실었다.

2016년 1월

심규한

차례

2부

지금 여기

3부

1부

밑도 끝도 없이

가장 슬픈 일은 늙어 죽는 일이다
가장 기쁜 일은 늙어 죽는 일이다
침묵이 금이라면 침묵은 수치다
누가 내게 채찍을 다오
나는 나를 치며 날뛰겠다
이거 미친 거 아니야 이거 기쁜 거 아니야
나는 나를 치며 날뛰겠다
유리는 깨라고 끼운다 아이야
미(美)는 함정이다
아비는 네 자식이었다
너도 곶감이 될래
모든 열매는 사생아다
꽃이 피기 전에 꽃눈을 따먹고
나비날개를 눈에 비벼라
밑도 없다 끝도 없다
밑도 끝도 없어야 하지 않겠느냐

(15.1.12)

춤 춤

춤 춤
눈발 치는 겨울 숲
떡갈나무 묵은 잎 떠는
싸락 싸락 춤 춤
투망하며 나는 쇠박새떼
덤불에 솔가지에 졸참나무에
싸락 싸락 춤 춤
산 노인 하다 만 나뭇단에
싸락 싸락 춤 춤
서릿발 밑 웅크린
생쥐의 하얀 입김
춤 춤

(15, 2, 20)

구름

언덕에 누웠는데
하늘바다에
눈부시게 하얀 구름 배
다가왔네

그 배 놓치지 않으려
벌떡 일어나
내달렸네 억새밭
철쭉에 긁히며

하지만 배 그림자
가버렸네 벌판 미끄러져
파란 하늘만 남았네

(15. 2. 20)

매화

용소골 흰 매화 속절없이 피었네
저 혼자 몰래 봄술에 취한 듯

등 너머 골짝 우는 휘파람새야
꽃 떨어진다 꽃 떨어진다 어서 와라

그 새 그도 모르고 피리리 우네
이 산 저 산 울고 다니네

(15.2.27)

아이에게

아이야 참 예쁘구나

꼬리를 흔들며 달려드는 강아지

갸르릉거리며 파고드는 야옹이

참 사랑스럽구나

너는 강아지 과자를 주고

고양이 캔을 따고

찰랑찰랑 우유를 접시에 따른다

촉촉한 혓바닥이 향긋하게 젖는구나

하지만 나는 슬프다

모든 것은 우리가 모르는 길을 따라 왔다

우리에 갇힌 소는 주사를 맞고

강제로 인공수정을 당하고

신선한 풀과 들판은 구경도 못한다

매일 수천 마리의 돼지와 닭은

비명을 지르며 아침을 시작하고

똥더미 속에서 항생제 든 사료를 먹는다

우리들의 삼겹살 우리들의 소갈비

우리들의 후라이드치킨은 그렇게 걸어온다

태평양을 가르던 참치며 다랑어들은

축구장만한 그물에 잡혀 몇십만 마리가
한꺼번에 냉동실에 처넣어지고
새와 사슴이 뛰어다닐 들판에
가지가지 꽃에 벌나비가 춤춰야 할 들판에
끝없이 옥수수 물결이 출렁이고
그것이 사료가 되고 캔이 되어 걸어온다
그렁그렁 우는 강아지와 고양이
참 예쁘지 참 불쌍도 하지
세상에 눈물 아닌 것 없구나
참 예쁘구나 참 무섭구나
하지만 거짓보다 무서운 게 어디 있겠니
어디서부터 잘못됐는지 이제는 아무도 모른다
뭐든 다 잘못 돌아가고 있으니까
그렇다고 사랑하지 않을 수 있겠니
저토록 귀여운 강아지와 고양이를
그래서 모든 사랑은 무섭고 무겁다
어디에도 순수한 사랑은 없다
하지만 묶인 사랑이라면 아파도
이 사슬을 끊어야 하지 않겠니
세상의 사슬들을 끊어야 하지 않겠니
들판과 바다가 있어야 하지 않겠니

(15.3.8)

눈송이

나 죽을 때 내 마지막 숨결은 담배 연기로 천사 고리를 만들던 삼촌처럼 한껏 공들여 토해야지 그 숨결로 하얀 눈송이 만들어야지 빙글빙글 하늘 돌며 가장 가볍고 가장 섬세한 여섯 날개 깃털마다 포근히 햇살을 품어 반짝이는 그럼 나는 하늘을 날아 산천을 훨훨 들판을 훨훨 날아 졸던 박새 눈썹에 앉아야지 살짝 그리고 스며야지 스며 빨간 심장이 되는 거야 그리곤 포르릉 포르릉 산을 날며 노래 불러야지 박새도 제 소리에 놀라 진저리치게 기분이 좋아지게 그 노래 듣고 민들레 피고 그 노래 듣고 아이들 춤추고 당신도 웃는 눈송이

(15.3.13)

은행

밤 깊어 은행을 꺼낸다
펜치로 깐다 하나 하나
무르거나 마르거나 깨지거나 작거나
한 줌을 모으기 위해

가을은 얼마나 파랗고
구름은 눈부셨는가
노란 은행잎 바람 맞으며 주웠다
생활이란 이런 것이라고

프라이팬에 기름을 두르고
볶는다 톡 톡
연둣빛 터지는 알들
예전엔 왕들도 이 빛을 부러워했으리라

보늬째 씹어 먹으며
엄마랑 아빠랑 형제들이랑
어째 이 맛을 모르고 살았나

하지만 나의 하릴없는 밤은
젓가락 뒤적이며 쓸쓸하고
옥을 먹어야 한다
뱃속이 아릿하게 찰 때까지

내년에는 꼭 둘러앉아
다람쥐처럼 발라먹으리라 뇌며
서러워지며

(15.3.18)

생강나무 꽃 한 채

건너 산 깊은 골 생강나무
곰곰이 생각하다가
한 점 노란 등 켭니다

앞산 멧돼지가 코를 큼큼 합니다
뒷산 노루가 귀를 움찔 합니다

낙엽 밑
기다림에 지친 벌레들이 꿈틀거리고
네발나비가 망설입니다

작은 향수병 엎질러진 듯
골짜기 따라 향기가 흐릅니다

오솔길 따라 가면 닿는
집
생강나무 꽃 한 채

(15.3.22)

4월 1일

　모든 것이 한때다 내원골 아래 벚꽃 피어 흐드러질 때 산그늘 자나방은 벚꽃잎처럼 날아간다 천성산 높은 바위 치며 바람이 달릴 때 다래골 내리는 물은 굴뚝새와 노래하고 젖은 뿌리 사이로 왜현호색 얼레지 애기괭이눈이 눈을 뜬다 낙원이다 햇살이 폭포처럼 쏟아진다 당신은 교실에서 파란 하늘을 보고 수업이 끝나면 자전거를 타고 천변을 달릴 것이다 꽃잎처럼 바람과 햇살이 스칠 것이다 쏟아져 나오는 아이들과 시간은 수많은 입과 눈을 가졌다 소나무 아래 쭈그려 앉은 산거울 꽃 피는 동안 하루살이가 힘차게 날아오른다 진달래꽃 가지 사이 검정접시거미의 집이 환하다 모든 것이 한때다 눈부심이다 일생일대의 꽃이다

(15.4.1)

내 초롱은

내 초롱은
닫힌 창문 스치는 벚꽃잎
날아가는 벚꽃잎

내 초롱은
봄 산 오르는 연둣빛
물소리 연둣빛

내 초롱은
서가를 더듬는 손끝
속삭이는 손끝

내 초롱은
어둠 속 별빛
흔들리는 별빛

내 초롱은
아침
깊은 밤 건너는 아침   (15.4.20)

강남

강남에서 강남을 가기 위해
전철을 기다렸다
강남에 제비가 날아다니던 시절
할아버지는 쌀 한 말 지고 한양에 와
창동 철둑 동네를 걸어오셨다
난전의 환승역에는 제비갈매기처럼
만인의 소리가 파도쳤다
아버지는 어떤 터널을 통과하고 있을까
형제들과 벗들과 지인들이 간
길을 나는 도무지 갈 수 없었다
플랫폼에 버려진 신문뭉치였다
물론 나도 안다 터널을 벗어날 수는 없다
때로 짧은 터널도 너무나 길어
고달프게 헤매고
때론 긴 터널을 눈 깜빡 할 사이에 통과하기도 한다
누구는 치를 떨며 뒤도 돌아보지 않고
누구는 미련에 미련으로 걸음을 끈다
눈부신 듯 어리둥절해 하며 아버지는
소파에 누워 작별을 했다

나는 다시 산으로 향하는 버스를 탄다
어머니는 오늘도 기약 없는 작별을 했다
10년 전에도 20년 전에도 30년 전에도
그랬다 우리는 할 말이 별로 없었다
버스가 터널을 통과할 때 망연한
얼굴들을 보았다

(15.4.23)

거미

안개가 숲을 가둘 때
거미는 반문한다
검게 죽은 가지 사이에 웅크린 채
'너는 먹고 싶은 것만 먹고
하고 싶은 것만 하고 사는구나'
어릴 때 나는 보름빵과 요구르트만 먹고 싶었다
떼깡 부리고 밥을 거부했다
벌로 쫄쫄 굶은 날도 있었지만
대개는 엄마의 속을 끓이고 보름빵과 요구르트를 먹었다
감옥 같은 학교에서
수인번호 같은 학번을 달고 살 때도
시험공부 대신 외로운 독서와 학교 밖에서만 배울 게 있었다
하지만 지불할 용기가 없었기에
편두통과 가위눌림에 시달렸다
군대도
그리고 또다시 선생이 되어 돌아간 학교도
내겐 고통이었다
나는 엄마에게만 승리했다
스테이크나 캐비아 따위

돈과 명예 따위
다만 진실한 사람과 진심을 나누고
살 수 있는 만큼만 먹고
하고 싶은 걸 하며 살면 되었다
안개처럼 불가능이 몰려와도
거미처럼 몇 가지 가능한 것을 잡고 싶었다
하지만 안개가 숲을 가두었을 때
안개 너머로 소리는 울려온다
'너는 먹고 싶은 것만 먹고
하고 싶은 것만 하고 사는구나'
각자의 지옥에서 천국을 꿈꾸며
우리는 젖어 있었다

(15.5.14)

열두 폭 천성산

천성산 열두 줄기 열두 골짜기에는
열두 천국 스물 네 세상 마흔 여덟 나라가 있다
하지만 천국 안에 세상이 있고
나라 안에 나라가 있고 다시
세상이 있고 천국이 있기도 하다
풀잎의 이슬에 온 산이 담겨 있고
온 산이 별들을 담고 있는 것과 같다
사람들은 10시에서 4시 사이
개미와 같은 행렬로 산을 가로지르지만
천국을 알지 못한다
일찍이 고인이 천성산 열두 폭을 열람한 뒤
이 또한 금강이라 이름하였다
고인의 탐현기는 원적산 금굴에 두었다 하나
지금은 봉인되어 알 수 없다
일찍이 선사와 신령들이 깃들었던 열두 동굴
외에 얼마나 많은 동굴이 있는지 아무도 모른다
산은 1억 년 전 모습 그대로 잠든 듯하지만
언제나 꿈틀거리고 움직인다
열두 폭 천성산을

오늘도 사람들은 개미와 같이 지나간다

천성산 열 두 천국은 다음과 같다
산마루를 경계로 지상천이 처음이고
위로 8천이 있으니
궁극천 너머 무극천은 태초의 허무한 경계로
빛도 소리도 없고 시간과 공간도 없다
없는 듯 있고 있는 듯 없어 무어라 말할 수 없다
수많은 우주가 점멸하듯 나타났다 사라진다
무극천 아래 궁극천은 우주 너머의
꿈의 세계로 수많은 꿈이 태어나고 자라고 사라진다
사람이 꿈을 꿀 때 궁극천을 먼지 알갱이처럼 조금
엿볼 수 있다 하나 알 수 없다
궁극천 아래 묘음천이 있다
묘음천은 모든 우주를 감싸는 소리바다다
졸리운 듯 감미롭고 형형하게 일렁인다 형상이 일고
형상이 다시 소리에 묻히길 몇 겹이나 하는지 모른다
그렇게 무한 시간이 지난 뒤에야 한 우주가 열린다고 한다
사람들은 묘음천과 명희천이 공존한다고 한다
광명천은 고요한 빛의 바다로 영겁의 파도가 난반사하는 것
같다
원인도 결과도 알 수 없고 과정이 무한히 반복되면서
변화무쌍한 현상을 낳아 우주의 어머니라 한다
그 아래로 희열천이 있으니 이곳에서 무엇이든 창조가 이루

어진다
　물질계, 비물질계, 상상계, 여러 우주, 관념계, 미래계, 기계 등
　창조의 공장이라 할 만하여 온갖 것들이 조합되고 새로 만들
어진다
　하지만 원적천이 있으니 이 하늘이 비로소 모든 것을 수렴한다
　잠처럼 고요한데 존재가 비존재가 되고 빛이 어둠으로
　소리가 침묵으로 잠긴다
　원적천의 모습을 본 사람은 아무도 없다 그저 휘황하다
　신령천은 우주의 신령들이 사는 세계로
　이들은 묘음천과 광명천과 희열천과 원적천을
　자유롭게 드나들며 우주 유희를 즐긴다
　지상천은 우리가 사는 하늘이다
　그 외에 반복천, 망상천, 공포천, 안심천이 있다
　하지만 그 외에도 얼마나 많은 하늘이 있는지 알 수 없다
　이상이 천성산의 열두 천국이다

　천성산 스물 네 세상은 다음과 같다
　편의상 유정의 동물계를 나라라 하고
　무정의 식물과 광물계를 세상이라 하였다

　먼저 천성산은 바람 세상이다
　바람이 산마루를 넘어 계곡을 휩쓸면
　천만 그루의 나무들이 일제히 소리를 지른다
　크고 작은 바위들이

더러는 평평하게 더러는 우뚝하게

남북으로 내달리며 폭포를 이룬다

바위너덜 밑은 산의 숨골이다

뭇 생명의 안식이 되고 사랑을 나눈다

물은 멈춤이 없어 투명하고 둥그렇다

안개 지대는 깊어 빠져나올 길이 없다

빗줄기로 물의 은총이 지하에까지 미쳐 달팽이와 지렁이까지 춤을 춘다

물 세계의 주인들은 형체가 자유자재 변한다

참나무 숲은 끝이 없어서 도토리 몇천 섬이 나온다

자고로 천성산에서는 다람쥐도 꿩도 사람도

일 년 열두 달 도토리를 먹으며 살았다 한다

참나무 가지는 서늘하여 정령들이 특히 좋아한다

소나무의 세상은 바람과 햇살이 넘치는 상상두에 있다

청명한 날 소나무는 스스로 몸을 흔들어 춤을 춘다

산자락에는 비목, 노각나무, 물푸레, 서어나무, 단풍나무, 물오리, 때죽나무 들이 저마다의 세상을 이루고 있고

으름, 머루, 다래, 칡은 허공을 여러 개의 방으로 만들며

중간대를 이루고 있다

진달래와 철쭉은 각각 능선과 마루에 펼쳐져 비단과 같다

비탈엔 고사리와 이끼가 침묵처럼 퍼져 살고

바위 세상엔 돌꽃들의 세상이 겹쳐 겨울에도 울긋불긋 꽃을 피운다

곰팡이, 버섯은 물론 시누대와 억새도 저희들만의 결계를 이

루어 산다
 어찌 스물 네 세상이라 하겠는가
 많고 많기가 스물넷에 스물네 세상이다

 그 나라의 이름도 마찬가지다
 마흔여덟에 마을 여덟 나라가 있다
 멧돼지 나라 노루 나라 너구리 나라
 오소리 나라 족제비 나라 토끼 나라
 다람쥐 나라 생쥐 나라 살모사 나라
 개구리 나라 도롱뇽 나라 까마귀 나라
 딱따구리 나라 박새 나라 어치 나라
 나비 나라 하늘소 나라 잠자리 나라
 애벌레 나라 날파리 나라 등에 나라
 지네 나라 거미 나라 땅강아지 나라 등이 있는데
 천성산의 지상천 나라들은 다시 동서남북으로 나누어
 줄무늬 멧돼지와 점무늬 멧돼지들이 각각 다스리고 있다
 그러므로 사람들은 이들 나라를 방문할 때
 멧돼지들에게 인사를 해야 한다
 그런 보이는 나라와 호랑이의 나라
 표범 나라 늑대 나라 여우 나라
 곰 나라 꽃사슴 나라 산양 나라와
 신령 나라 도깨비 나라
 그리고 우리들의 사랑 나라까지
 실로 천성산에는 천만의 생명이

천만의 세상과
천만의 나라에서 산다

각 국경은 골짜기와 마루로 나뉘지만
모두 거미들이 경계를 선다
거미들은 백스무 종을 이루고
하늘에서 지하와 물속까지 살지 않는 곳이 없다

산의 세계와 나라를 방문하는 사람은
다음과 같은 주문을 외워야 한다
아침의 신성한 거미줄이여
잠든 영혼을 깨우고
나라와 나라 사이를 세상과 세상 사이를 열어다오
온 우주가 하나로 이어져 있도다

(15.5.25)

잡아랏! 저놈

하산 길
앞서
메뚜기 뛴다
혼비백산한 듯 허둥지둥
자빠진다
나동그라져도 추스르고
다시 뛴다 혼신의 힘으로
뛴다 뛰고 또
제 몸을 하늘 복판에
내던진다
풀잎에 떨어질지
냇물에 떨어질지
벼랑에 부딪힐지
아랑곳없다
메뚜기는 제 몸을
허공에 연신
혼신의 힘으로 집어던진다
아 저놈
나동그라져도 나동그라져도

일어나

뛰고 뛰고 뛰는 저놈

잡아랏! 저놈

(15.5.28)

어린 왕개미

어린 왕개미가 창틀에 올라 망설입니다
왼손을 내미니 개미가 올라옵니다
주저없이 다시 기어갑니다
사막을 횡단하는 병사처럼 용감하게
손바닥을 지나 손끝에서 다시 망설입니다
오른손을 내어주니 다시 오른손에 올라옵니다
그렇게 몇 번을 하니 문득 슬퍼집니다
제가 염라대왕이 된 것 같습니다
끝없이 이어지는 사막 길도 지옥이겠지요
내 손바닥이 지옥일 수 있다니
어린 왕개미를 땅에 내려줍니다
지도 없는 세상의 끝 창가에 앉아
지도 없이 열심히 기어가는 왕을 봅니다

(15.5.31)

빗방울

하늘에 구름이 모이더니
동서남북 어둠 천지더니
비가 온다 비가 온다 아이들아
쏟아진다 수 억 수 조 빗방울이
아롱아롱 빗방울이 생글생글 빗방울이
떨어진다 북을 친다 일제히
하늘에 나뭇잎에 지붕에 유리창에 냇물에 땅바닥에
빗방울이 날아온다
땡땡땡 은종을 친다 땡땡땡 금종을 친다
둥둥둥 동동동 땡땡땡
잎을 깨우고 꽃을 깨우고 뿌리를 깨운다
둥둥둥 동동동 땡땡땡
물고기를 깨우고 개구리를 깨우고 지렁이를 깨운다
일어나라 일어나라 바위도 빌딩도
빗방울이 떨어진다
꽃핀다 동그랗게 동그랗게 동그라미꽃
동그랗게 동그랗게 동그라미꽃
사랑해 사랑해 사랑해 퍼지고
사랑해 사랑해 사랑해 스며든다

동그라미 안에 동그라미가 쉼 없이 스민다

동그라미 밖에 동그라미가 연달아 피어난다

동그라미 뒤에 동그라미가 연달아 따라간다

동그라미 동그라미 동그라미 동그라미

온 세상이 동그라미 동그라미

모두들 동그랗게 웃고

모두들 동그랗게 모여

모두들 동그랗게 살라고

빗방울이 종친다 땡땡땡 땡땡땡

빗방울이 꽃핀다 동그랗게 동그랗게

0.1초 사이 전생과 내생을 통과하고

0.1초 사이 너와 나를 통과하고

0.1초 사이 증오를 통과하고

0.1초 사이 고통을 통과한다

살아라 살아라 힘껏 살아라

사랑하자 사랑하자 힘껏 사랑하자

모순을 사랑하고 절망을 사랑하고 치욕을 사랑하고 증오를
사랑하자

밤에 내리는 별빛의 빛방울은 얼마나 오래 내렸을까

45억년일까 아니면 150억년일까

낮에 내리는 구름의 빗방울은 얼마나 오래 내렸을까

45억년일까 아니면 150억년일까

비가 온다 비가 온다 아이들아

벌거벗고 뛰어나가 물고기가 되자

첨벙첨벙 숙제도 준비물도 잊어버리고
첨벙첨벙 외로움도 걱정도 잊어버리고
빗방울 종소리에 맞춰 손에 손잡고
빗방울꽃 마음껏 피우자
스민다 동그라미 네 마음에도 내 마음에도 동그라미
라라라 비가 온다 비가 온다
라라라 비가 온다 비가 온다

(15.6.1)

무지개뱀

스물다섯 꽃송이 먹으리
노란 민들레 분홍 철쭉
자주 오랑캐 엉겅퀴 별꽃 미나리아재비
꿩의다리, 개미취, 까치수영
칡꽃 함박꽃 쥐똥나무꽃
청대나무 꽃 모아 볼 가득 넣고
우적우적 먹으리 아기노루처럼

꽃은 내 가슴을 향기로 채우고
꽃은 내 배 속을 열두 빛깔 물들이리
내 살결에 무지개가 스며 나오면
나는 무지개뱀 무지무지 큰 무지개뱀
밤에 비 맞으며 목욕을 하고
낮에는 산마루에 누워 몸을 말리지
무지개뱀은 무지개가 너무 많아
무지무지 심심하고 무지무지 그립네

개울 건너 학교 담 넘어
재미없는 교실 스르르 찾아가리

뜨거운 혀 날름날름 속삭이고
차가운 손 화들짝 놀래키리
아이들은 날아오르리 물방울처럼
무지개 타고 가고 싶은 대로 맘대로
공장도 지하철도 마트도 스르르
아무도 도망칠 수 없네
자동차로도 승강기로도 비행기로도
아무도 도망칠 수 없네
군인도 경찰관도 아무도 도망칠 수 없네

무지개를 사랑하는 사람은
모두 태우고 무지개나라로 가리
꽃이 되리 사람들 저마다 꽃이
스물다섯의 스물다섯 꽃송이
모두 입을 벌리면 무지개 노래가 나오고
무지개 춤을 추리 무지무지 맴맴

무지개뱀은 하늘을 날아
아무 곳이나 아무데나 비를 뿌리리
수만 마리 무지개뱀을 위해
사람들아 안녕? 무지개뱀들아 안녕?
동서남북 하늘 땅 모든 곳
무지무지 맴맴 무지개를 만들리

(15.6.13)

산 위에서 밥짓기

기다려봐
물은 손등을 넘게 찰박찰박 부어
뚜껑은 큰 돌로 눌러 둬
화르륵 끓어 넘치는 것쯤이야
어차피 우린 다 초짜야
기다려 불을 줄이고 더
기다린 만큼 다시 더 더
천천히 더 오래 뜸을 들여야 해
뚜껑을 열지 말고 들어 봐
와글와글 떠들며 튀어나오려던
수천 톨 쌀알의 함성을
이제는 순교자처럼 하얗게 누워
열정도 슬픔도 잠들 즈음
뜨드드드 뜨드드드 꽃피고 있어
하지만 너무 오래 두면 안 돼
됐니? 아니 아직이야 아직
아냐 됐어 됐어 아냐
참을 수 없는 밥의 향기가
약간 마르게 날릴 때 그때야 뚜껑을 열어 봐

한 숟가락 살짝 떠
먹어 봐 밥 꽃이야

지프네 너덜강
바위들도 쏟아져 흐르는 거야
담쟁이넝쿨이 뒤덮고
다람쥐가 뛰어다녀도
바위의 강은 흐르는 거야
대빙하에서 쏟아져 이제 막 시작이야
사람은 그저 너덜강을 지나며
저보다 무거운 시간에 놀라
벌어진 입을 다물지 못하지
어찌 알겠어 사람이 태어나기 전의 일을
그저 천의 탑을 쌓다가
소름이 돋아올지 몰라
이제 막 태어난 바위의 강 위에서
먼지 같지 에피소드조차 되지 않아
이것은 코펠 속 쌀이고
지금은 첫 뜸의 시간일지 몰라

어때? 바위에 앉든 풀밭에 앉든
혹은 그루터기에 앉든 상관없잖아?
둥글게만 앉으면
엉터리 찌개 짬뽕 된 밑반찬 펴고

코펠 바닥을 긁으며 떠들며
이것은 작은 에피소드야
예수와 제자 같이
우리들이 나누는 처음이자
어쩌면 지상의 마지막 만찬이야
순결한 밥을 먹으며
미어지게 미어지게 피는 삶의 꽃이야
잠깐 고수레 했어 잊지마
이것은 작은 에피소드야

(15.6.25)

나무 다람쥐

안개 낀 아침
산을 오르는데
바위에 작은 부처가 앉아 있다
누굴까 깊은 산골 바위에 부처를 올려놓은 사람은
다가가 보니
다람쥐 한 마리 제 꼬리를 마주보고 있다
보리수 아래 샛별 보고 깨달은 부처처럼
의연했다
말이 필요없었다
나무 다람쥐 합장하였다
다람쥐가 몸을 돌려
빤히 보았다
순간이 넘치고 있었다

(15.7.5)

메뚜기

이슬 먹고 이슬 닮은 메뚜기야
풀잎 먹고 풀잎 닮은 메뚜기야
토독 토독 햇살 닮아
토독 토독 잘도 뛰고
쓰람 쓰람 바람 닮아
쓰람 쓰람 잘도 운다
내가 뛰면 너도 뛰고
내가 서면 너도 서고
나는 바위에 앉아
너는 손등에 앉아
네 눈은 하늘을 보고
내 눈은 네 눈을 본다

(15.7.17)

그 나무

산을 가다 보면
잊혀진 무덤 있지
도무지 있을 것 같지 않은
높고 후미진 곳
너구리가 굴을 파는
무덤에서 올라온 나무 있지

그래 우리는 살아가며 나무를 키워
가슴 속 작은 책처럼
씨앗을 접어
매일 조금씩 안으로
가지를 뻗고 잎을 띄우지
그리하여 생의 마지막 날
씨앗은 비로소 고치를 벗어
봐 저기 우뚝한 소나무
그의 가슴에 접혀 자란 솔씨 하나

나는 꿈을 꿔
세상에 없는 나무를

세상에 없기 때문에 있어야 하는 나무를
노인과 아이들을 태우고
부드럽게 흔들리는 나무를
오늘 밤에도
나무는 뿌리를 뻗어
너에게로 그리고 멀리
또 다른 나에게로
세상의 모든 가지는 그리움 쪽으로 뻗어
세상의 모든 잎은 사랑을 속삭여

너는 어떤 나무를 꿈꾸니
무지개나무니
황금빛 불꽃나무니
작은 아기나무니
무엇이든 소원을 다 들어주는 나무
아니면 하늘에 오르는 나무
네 나무를 알 수는 없지만 느껴

숲을 지나며
이 산이 누군가의 무덤이고
가슴에 묻혔던 씨앗이어서 저렇게 무성하다는 걸
아름다운 꿈이 이렇게 무성한 것이어서
나무는 조용히 흔들리지
사르르 사르르 잎사귀 떨리지   (15.9.11)

2부

자연의 도서관

이집트의 은수자 성 안토니오는
자연이 자신의 책이라고 했다
그가 읽은 것이 하느님의 말씀이었는지
혹은 침묵이었는지 나는 모른다
네란자라강에 목욕을 하고 부처는
보리수나무 아래 최후의 가부좌를 틀었다

그런가하면 파브르는 개똥벌레를 따라
벌레처럼 엎드려 기어다녔다
늑대의 고독에 매혹당한 것이 시튼뿐이겠는가
꺼져가는 늑대의 눈빛을 보자 레오폴드의 인생이 바뀌었다
눈송이 하나하나를 수십만 장 찍은 벤틀리는 미치지 않았다
다빈치가 새를 보고 글라이더를 연습하는 동안
어부는 아침에 그물을 던졌다가
저녁이면 거미처럼 마당에 앉아 그물을 기웠다
달을 따라 만물은 몸을 하고 연인은 사랑을 했다
지친 사람은 나무 아래서 숨을 돌리고
외로운 사람은 하늘을 보았다
화난 사람은 숲을 걸었고

절망한 사람은 바다를 바라보았다
어떤 사람은 나무 아래 죽고 싶어 했다
각자에겐 알맞은 자연의 책이 있었다

그리고 이 밤 내가 문득 서서 자연을 바라볼 때
나는 거대한 도서관 안에 와 있음을 실감한다
수백만 수천만 권의 책이 빼곡한 도서관은
선사 이래 인류의 업적이 모아졌던 알렉산드리아의
70만권 대도서관처럼 신비롭다
브리태니커 대백과사전쯤은 아무것도 아니다

오늘 밤 곰보 핀 저 달은 지금 한낮일까
수억 년 유성우가 쏟아진 뒤 그곳
고요한 바다에 다시 수억 년의 침묵이 일렁인 뒤
지상에 인간이 태어나고 다시 몇 만 년
지구를 대표해 닐 암스트롱이 처음 발을 딛기까지
지구의 바다는 물론 모든 생명은 달을 향해
노래하였다
하지만 달만이 아니다 달의 뒤편 별과
별과 별 사이의 어둠, 숨 쉬는 무한의 이야기는 다 무엇일까
읽어도 읽어도 끝없을 책들이 하늘엔 빼곡히 꽂혀 있다
그리고 잠든 듯 어둠에 묻힌 앞 숲이여
거기 사는 오소리 가족과 너구리 형제 그리고 고라니 모자와
산새들은 어떤 겨울을 보내고 있을까

그들의 몸 냄새와 숨소리, 그리고 지금 막 반짝이고 있을 눈
동자들
잠든 듯 깨어 있는 나무들
숲의 어둠은 온통 그들의 숨소리로 가득하다
한낮에 장작을 패며 보았던 나무 속 균사들은 어땠는가
저 산을 온통 푹신한 침대처럼 품어 안고
너나 구별도 없이 한통속이 된 버섯들의 그물과 뿌리들은
밤새 무슨 속삭임을 할까
과연 그들의 역사는 어떤 것일까

그러나 낮에 본 이웃들이여 노인과
자전거를 타는 아이는 또 얼마나 두꺼운 책인가
생로병사와 희로애락과 영락의 행간엔
얼마나 많은 생각과 한숨과 눈물과
또 커다란 열망과 보람이 있을까
알 수 없는 일이다 알 수 없는 일이다
생각하면 생각할수록 엄청난 것들이 숨어 있어
두렵고 두렵다

새벽 마당에 서서 나는 심호흡을 한다
이 도서관엔 도대체 몇 억 몇 경의 책이 꽂혀 있는 것일까
자신을 대양 앞 해변의 아이라고 말한 뉴턴은 옳다
거인의 어깨에 앉아 바라본다는 세이건의 말도 옳다
선조도 위대하지만 자연은 어마어마하다

5그러나 지금

자연은 숨이 막히다

곳곳에서 핵발전소가 돌아가고 핵탄두는 하늘을 겨눈다

재앙을 가린 상품의 화려함이 현기증을 일으키는데

저기 사람의 불도저는 숲을 뭉개고 산을 폭파한다

강과 바다엔 도시의 독극물이 흘러든다

호랑이와 늑대만 사라진 것이 아니다 수많은

꽃과 새와 곤충이 사라지고 우리의 웃음도 사라졌다

산과 바다와 하늘이 비명을 지르고 있다

죽음이 넘친다 우리는 죽이고

스스로가 죽는 것도 모른다 탐욕스럽게

걸터앉은 나뭇가지를 자르고 있을 뿐이다

우리에겐 더 이상 책이 없고

책이 있어도 읽지 못한다

자연의 대도서관이 불붙기 시작했다

시란 얼마나 큰 사치인가

자연이 살아 있지 않을 때

시는 존재에 대한 모독이다

긴급할 때 우리는 외침이거나 아니면

거대한 침묵이어야 한다   (14.1.17)

그런 거지

빛에 베어본 사람은 알지
절망이 순식간에 희망이 되기도 한다는 것을
지난밤 꿈같이 낯설어지는 게 한둘이 아냐
하지만 네가 기쁨에 겨워 춤 출 때
더 조심해야 해
모든 것들은 모서리를 가지고 있거든
그들이 날을 세울 때 혹은 주먹을 날릴 때
너는 얼얼할 거야
그런 거지 뭐 그런 거지 알다가
알 수 없고 알 수 없다가 알고
아침에 화투로 운수 떼는 여자처럼
침 묻혀 먼지 닦는 남자처럼
조용히 끓어 넘칠 때까지
아무 말 없이 견디기도 하는 거지
그것이 눈물일지 웃음일지 혹은 밥일지
알 수 없지 알 수 없어 그런 거지
하지만 낡은 종이 접고 또 접다
무심히 학이 되는 것처럼
그냥 무심히 그러다 문득 유심한 거야

그런 거지 그런 거지 그렇고 그런 거야

(14.1.17)

빛 꽃 아이

빛은 아무리 작아도 강렬하다
꽃이 그러하듯
아이가 그러하듯

하지만
어둠은 듬직하다
땅이 그러하듯
어른이 그러하듯

하지만
고통이여

세상은 또 생명은
빛과 어둠의 혼합이며
꽃과 땅의 결혼이며
아이와 어른의 사랑 아닌가

나무는 서 있다
어둠에 뿌리를 내리고

아이와

꽃을 피우고

(14.1.17)

겨우살이

가난한 나는 노인이 많다는 흰솔마을에 산다
백 년 된 이름이 '한번 웃는 집' 옆엔
아침 안개 속 고구려벽화처럼
늙고 크게 휜 소나무들이 깨어난다
멀리 백두산줄기 내려 태백과 소백에서 태어난
모래강은 300리를 굽이굽이 흘러온다
예전엔 호랑이가 크게 울었다는 산골엔
밤이면 고라니가 유난히 많이 울고
모래강 모래 같은 은하수를 달배가 건너간다
봄이 오면 밭에서 냉이와 쑥, 참나물을 하고
산에는 두릅과 고사리 둥굴레 더덕을 캔다
여름엔 깻잎에 민들레, 고들빼기, 부추, 오이, 토마토
옥수수, 콩, 표고를 따 먹는다
가을엔 꾀꼬리버섯, 솔버섯, 가지버섯을 따고
밤, 은행을 줍고 호박을 말린다
감자며 무는 주워 먹는다
시골쥐는 사람 머리를 올라타고
콩과 옥수수를 제 맘대로 가져간다
서늘한 바람이 불면 지게를 지고 산을 오른다

쓰러진 소나무 둥치를 하나 둘 개미처럼 나르다
이따금 먼 산을 본다
그리고 이렇게 겨울이 깊으면
장작을 패고 이불을 쓰고 키득키득 하는 것이다
큰형은 시골에 무엇이 있어 그렇게 사냐고 하고
아내는 책만 파고 언제 철드냐고 하고
처남은 세상 물정 모른다고 한숨을 쉰다
도시는 멀어 돈 쓸 일 없지만
그래도 안경 치키며 책을 들여다본다
밤 깊도록 헤로도투스와 장자와 아렌트를 읽다가
울다가 웃다가 분노하고 다시 생각한다
내 농사는 그저 좀팽이 같은 꿈들이다
백 년 전 나라가 망했을 때 집주인도 그랬을까
천 년 전 이천 년 전 시인들도 그랬을까
방에 들인 히아신스에 물을 주고 어느 산골에는
탐욕도 전쟁도 없는 세상을 기원하며
나그네를 기다리는 사람이 또 있을 거라고 생각한다
커렁커렁 개 짖는 밤 마당에 서서
누군가는 이렇게 산골을 살아야 하는 게 아니냐고

(14.2.5)

내 손가락은 열 개예요

내 손가락은 열 개예요 더 이상은 필요 없어요
내가 왜 내 손가락에 없는 천과 만을 구분해야 하죠?
종일 구슬을 꿰어 만원을 버는 엄마와
수다만 떨다 매달 삼십만 원씩 받아가는 아줌마
무슨 관계죠? 당신과 우리는
예의도 교양도 모르는 당신은 왜 그리 떳떳하고
열심히 일만 하는 엄마는 왜 이리 비굴하죠?
10,000 ×30 = 300,000 이것이 손쉬운 계산인가요?
똑똑한 당신은 뭐든 척척 계산하지요 하지만
억울해요 계산할 수 없어요 하고 싶지 않아요
저는 싫어요 열 손가락이 넘는 건 다 싫어요
엄마의 열 손가락엔 굳은살이 잡혀요
왜 당신의 흰 손은 저보다 부드러운가요?
왜 당신은 주인인가요? 우리가 노예인가요?
이제 알겠어요 찬란한 선덕여왕의 금관 금이파리도
착하게만 산 엄마가 꿰었을 거예요
나는 착하게 살지 않겠어요
학교도 교회도 다 싫어요 주인과 주인의 아이와
같이 배우고 예수님의 빵을 나누긴 싫어요

거짓말이에요 우리는 친구가 아니에요
그래요 당신은 당신의 것을 가지세요
하지만 우리의 것은 제발 놔두세요
하다못해 개도 제 몫을 먹으면 물러나잖아요?
봐요 내 손가락은 열 개예요 열이면 충분해요
주인님 당신의 사칙연산은 거짓이에요
하지만 당신의 계산은 정확하겠지요?
이제 알겠어요 누가 우리의 삶을 훔쳤는지
무엇이 진짜 불법이고 누가 도둑인지

(14.2.5)

빈 섬
- 위도

자본의 바다에 잠기지 않는
섬이 있을까

허생이 빼앗긴 자들과
변산 끝에서 바라보던 섬

집을 허물어 배를 만들고
달려라도 가고 싶던 섬

숫자도 문자도 버리고
열망으로 일어서는 섬

(14.2.5)

저 나무

저 나무는 죽지 않는다
썩어빠진 나무가 죽지 않는다
온갖 저주를 퍼붓고
침 뱉고 오줌을 싸도
더 넓게 가지를 뻗는다
더 강하게 뿌리를 내린다

썩은 나무에 올라가 톱질 하던 사람이
떨어져 죽었다
썩은 나무의 허리에 도끼질 하던 사람은
부러져 죽었다
석유를 뿌리던 사람은 타 죽었다

나무는 죽은 사람들을 감싸고
산보다 더 커졌다

저 나무는 사람을 잡아먹는다
꽃은 화려하지만 살 썩는 냄새가 난다
잎은 도탑지만 증오의 향기가 뿜긴다

한 사람이 떠났다
또 한 사람이 떠났다
어디로든 떠났다

(14.3.3)

아담

아담아 어디 있느냐
너를 찾아 바람은 지상을 헤매고
창공은 깊어졌다 수런수런
수풀의 웅성댐과 풀벌레의 노래와
짐승들의 뜀박질을 기억하느냐
풍경 속에 너는 웃음을 섞었다

황사 자욱한 도시의 그늘에서
별을 잊지 않고 달을 잊지 않고
너는 오래 아프지 않느냐
벽과 벽 사이 가득한 소리
창과 창 사이 가득한 어둠
너는 아직 근심 하느냐

하지만 아담아 보아라
새봄의 늪에 별처럼 솟아오르는
새싹들을 오래된 기억을
아담아 네 이마에 흐르는
돈과 직장과 가족의 글귀들은

너무 낡고 오랜 주문이다

햇살의 손을 잡고
일어나라
벌거벗은 채로 두려움을 버리고
이 들판에 나아오라
네 알몸을 보여다오
아담아 너는 어디 있느냐

(14.3.11)

하늘이 내릴 때

먼 옛날 하늘과 땅이 하나였을 때
사람들은 땅을 뛰어다니며
하늘을 숨쉬었다
바람은 부드러웠고 햇살은 따뜻했다
사람과 짐승이 형제였고 숲은 일가였다
밤하늘의 별빛은 선조들의 축복이었다
그때 하늘은 우리의 영혼이고 혈액이었다
물 속의 물고기도 땅 속의 지렁이도
바위도 모래도 하늘로 살아갔다

하지만 사람 사이에 위가 생기고
아래가 생기고 창고가 생기자
사람들의 마음에 불이 붙기 시작했다
짐승은 달아나고 숲은 벌벌 떨었다
새들이 멀리 날아가 버렸다 하늘도
땅에서 갈라져 저 멀리 가 버렸다
모든 것이 달라졌다
바람은 날카로워졌으며 땅은 거칠어졌다
사람들 가슴엔 커다란 구멍이 생겼다

사람들은 하늘이 그리웠다
세상 끝 저 멀리 하늘나라가 있다
거기 하느님이 계시고
거기에는 부자도 가난한 자도 없고
새와 짐승과 나무도 행복하다고
누군가 속삭였다
사람들은 돌을 쌓아 교회를 만들었다
그 나라에 가게 해달라고 빌기 시작했다
그러나 하늘은 더욱 어두워졌다
천둥이 치고 비가 내릴 뿐이었다
수백 세대가 흘러도
하늘은 땅에 내려오지 않았다

하지만 하늘은 사람들이 잠든 사이
세상에 이슬을 내려주곤 하였다
하늘나라가 사람 사이에 내려온 때도 있었다
가문 날 여우비 내리듯
조선 땅 보은의 모닥불가에
양반과 노비와 백정이 모였을 때
그들은 이 땅 위의 하늘나라를 처음 느꼈다
동학년 곰나루에서 쓰러지며
사람들은 하늘나라가 다시 멀어지는 걸 보았다
그리고 80년 광주 도청광장에
솥이 걸리고 주걱을 휘저을 때

밥을 나누며 밤을 건너며 사람들은
다시 하늘나라를 느꼈다
하지만 총성 속에 하늘이 다시 깨졌다

사람들은 기억한다
모든 것을 잃거나 모든 것을 버릴 때
하늘이 비로소 내려온다는 것을
하늘나라는 오르는 곳이 아니라
우리 사이에 피우고 키우는 것임을
지금이 아니라면
하늘은 아무 데도 없다는 것을

그리고 어느 날
광장에 사람들이 모일 것이다
한 사람이 외치고
두 사람이 외치고 세 사람이 외칠 것이다
그렇게 수많은 사람이 외치고
모든 사람이 외치면 와르르
벽이 무너질 것이다
하늘을 가린 거짓 벽이
그리고 소리 없이
하늘이 내리기 시작할 것이다
벌거벗은 자들을 위해
눈송이처럼 하늘이 내려

태초의 그날 아침처럼

하늘과 땅은 하나가 될 것이다

(14.3.12)

고래꿈

지난밤
한강에 고래가 나타났어
나는 고래를 따라갔지
고래가 인천 앞바다로 향하더군
시화호를 지나 서해를 따라 내려갔어
목포를 지날 땐 크게 물을 뿜었어
하얀 포말 위로 무지개다리 놓으며
그리곤 남해로 들었어
고래는 오래 참았다는 듯 노래를 불렀어
심해에서 별빛까지 닿는
물결은 더욱 푸르러졌고 거침없었지
대한해협을 지날 무렵
고래는 제 몸과 비교하듯 울긋불긋
컨테이너선 옆에 바짝 붙었지 부산
앞바다의 배들이 일제히 고동을 울렸어
그러더니 어느 새 시네마현 앞바다를 지나지 뭐야
헤엄을 쳤어 천천히 급할 거 없다는 듯
조가비 달라붙은 지느러미를 저었어
고래의 시간은 알 수 없겠더군

드디어 동해 독도에 도착했어
하지만 왜일까? 고래는
수면으로 올라 마지막 숨을 들이켠 뒤
수직 낙하를 시작하는 거야
얼마나 깊이 내려갔는지 몰라
어두운 바다를 한없이 내려갔지
그런데 희미하게 보이기 시작했어
아 거기엔 이미 죽은 고래들의 용골이
폐선처럼 널려 있었어
그래 고래의 공동묘지였던 거야
그러자 고래는 고향에 온 듯
노래를 불렀어 감미롭게
영원히 영원의 마지막 노래를

(14.6.22)

지도를 버리다

세상엔 지도가 널렸다
세상을 답파하며 지도를 그린 이의
발굽은 얼마나 딱딱한가
시선은 예리하지만
완성되자마자 지도는 풍경을 배신한다

고산자는 걸었다
울 너머의 소곤거림과 저잣거리의 말다툼을 사랑했다
나는 너로 인해 나인 것이다
사랑이고 싶었다
길은 노래고 길의 거미줄은 언제나 황홀했다
문신처럼 그려 넣고 싶었다

하지만 오늘
나는 지도가 싫다
한 마리 거미가 허공에 쳐 논 거미줄처럼
황홀한 지도일수록 함정이다
도서관을 가득 울리는 합창도
모래알처럼 한 줌의 현실이 되지 못한다

사랑이라는 말도 평화도
세상 모든 말들은 배신이다
흑마술이다 감옥이다

그리하여
지금은 다만 응시하겠다

바람아
햇살아
오늘 나는 다시 지도를 버린다
거미줄에서 내려온 한 마리 늑대 거미처럼
세상을 걸어가겠다
이것으로 족하다

나그네는 풀잎 사이
차갑게 몸을 깨우며 끊어지는 아침 거미줄의 진동을
잊지 못한다

(14.7.10)

내성천에서 보내는 편지

모래강의 아름다움에 붙들려 왔지만, 3년
여느 하천처럼 풀이 뒤덮인 강에서
저는 또다시 뿌리를 잃는 심정입니다
이제는 도시처럼 시골에도 고향이 없습니다
뿌리내릴 땅이 없습니다
그저 가 닿지 못할 벼랑만이
저 하늘 끝에다 뿌리를 내리고 있습니다
방언처럼 귀머거리처럼 말이 닿지 않습니다
왜 사람들은 돈만 생각할까요
이 땅에 가득한 생명의 노래를
왜 듣지 못하는 걸까요
이 땅에 가득한 생명의 선물을
왜 함부로 뭉개는 걸까요
장벽 같은 방죽을 가득 덮은
8월의 저 달맞이꽃 장관 너머로
모래강이 자갈밭으로 변하고 펄밭으로
변하고 다시 풀밭으로 변하는 걸 봅니다
인간의 변경은 왜 황폐일까요
무너져 내리는 강안에서 가슴이 아립니다

제가 올라탄 가지를 자르는
이 땅에 뿌리 내리기를 거부하는
사람의 돈에 대한 욕심과
그리고 참을 수 없는 모독 앞에

(14.8.19)

엄마

찰박찰박 물오르는 새벽
달빛 품어 나를 낳았다
하필 매운 여뀌꽃을 사랑했다
버들잎 하나 파르르 떨면
뒤꿈치가 아파왔다
주저앉아 먼 하늘
구름 볼 수 없었다
열두 폭 병풍이 선명했다
모란도 나비도 거북이도
장독 닦다 솜씨 좋은
무당거미 옮겨주었다
머릿속이 강정내로 고소했다
옷자락이 달아 서러웠다
숨결 호오 불어 넣어주던
숟가락이 달았다

(14.9.22)

구름의 참호

내일에 투항하지 않겠다
허공에 부서질지라도

태평양 전쟁이 끝난 뒤에도 항복 선언을 듣지 않아
참호를 벗어날 수 없었던 일본병사처럼
내일을 믿지 않겠다

길이 닦이고 자동차 횡횡 달려도
빌딩이 들어서고 비행기 횡횡 날아도
길은 아니라고
내겐 애초 길이라는 말이 없다고

타이티에 눈이 내려도
타이티 아이의 눈에는
타이티의 눈이 아니듯

구름의 참호는 팔 필요가 없다
모든 돌이 옴팔로스
모든 나무가 우주수

끝없는 파도
호흡과 행위만이
구름의 참호에는

(14.9.23)

강은 하늘로 흐른다

멈추었을 때 강은
하늘로 흐른다
수화기 구멍으로 물이 쏟아진다
종로 하늘에 물고기들이 날아다닌다
유리빌딩 사이에 창가에
여울소리가 멈추지 않는다
물고기들이 어항인 듯 사람을 본다
물비린내가 손바닥에서 떠나지 않는다
일몰이 아직 이른데
사람들 쏟아져 나온다
젖은 구두 벗어던진다
떠오르기 시작한다 정오인가
흡사 아이의 풍선처럼 부레가 부푼다
꼬리와 지느러미가 저절로 움직인다
무지갯빛 햇살방울이 튄다
구름을 뜯어먹고 치어는 사람이 되기 위해
여자의 살에 스민다
빌딩마다 유리문이 열리고
버드나무 가지들이 뻗는다 뻗는다

강이 쏟아진다 땅도 파랗다
강을 나는 당신도 파랗다
멈추었을 때 강은
하늘로 흐른다

(14.9.24)

복음

아침 8시는 엘리베이터를 타고 온다
버스는 제 시간에 정확히 도착한다
오늘이 어제와 다르지 않으므로
놀라지 않는다
창밖에 가을 햇살과 단풍이 휘날려도
참사가 비처럼 쏟아져도

스파르타쿠스를 일으킨 것은
어쩌면 저 햇살
미풍에 흔들리는 양귀비꽃이었을지 모른다
여직공의 눈물 때문에
전태일이 불꽃이 되었던 것처럼
예수의 호명이 귓가를 적시자
베드로는 저도 모르게 그물을 놓았다
사파타가 탄띠를 두른 것은
옥수수밭의 서걱임 때문일 것이다
한 개의 씨앗이 아름드리 느티나무이듯
순간은 꽃이다

길가에 진 치고
천국을 찬양하는 저들의 노랫가락에만
강 같은 평화가 흐르는 것은 아니다
절망이 하나가 아니듯 희망도 하나가 아니다
한 숟가락의 밥알도 성찬이고
악몽 속에도 미풍은 불어온다
햇볕이 담벽에 기댄 아이를 찾듯
아이가 병상에 기댄 노인을 찾듯
그리운 것들의 얼굴을 떠올릴 때
아픈 것들의 이름을 부를 때
그것은 복음이다

침묵이어도 그것은 차고
따스한 날이 올 때까지 넘친다

(14.10.20)

허무새

처음 하늘이 생겼을 때
하늘은 하얗고 끝이 없었네
너무나 하얗고 끝이 없어
한 소리가 들렸네
찍이었을까 쩩이었을까 모르네
허무라는 새가 태어났네
아무도 기대하지 않았기에
아무도 축복하지 않았네 허무했네
허무의 날개는 끝이 없어
어떻게 저어야 할지 몰랐네
그러자 새는 떨어지기 시작했네
허무의 날개는 크지만 소용이 없으므로
끝없이 하얗게
이윽고 허무가 땅에 닿았을 때
허무는 처음으로 휴식을 취했네
그리고 온 세상을 품었네
허무의 온기로 세상이
점점 부풀었네
돌돌돌 시냇물 소리가 들리고

풀과 나무가 자라고 도마뱀이 기어다녔네

사슴이 뛰어 다니고 아이들 웃음소리가 들렸네

허무는 이 모든 것들을 사랑했네

그래서 마지막으로 꽃이 되기로 결심했네

세상을 힘껏 껴안으며 스스로를 허물었네

형형색색의 꽃이 들판 가득 피었네

허무가 모두 빠져 나가자

하늘은 파랗게 변하고

무지개가 처음 걸렸네

(14.10.24)

버드나무 카페

바람이 가지를 흔들 때마다
하늘엔 물고기가 춤추고
졸졸졸 강물 소리 들려요
버드나무 카페에 놀러오세요
당신의 모래알을 가져오세요
사상과 뉴스는 필요 없어요
그리움과 피곤이면 충분해요
강아지에게 의자를 내주세요
사마귀는 방해하지 마세요
차 한 잔 드릴까요
오후의 졸음을 가득 부어 드릴게요
나머지는 알아서 드세요
돈은 필요없어요 버들잎 하나면
바다를 건너고 하늘을 건너요
용기가 필요하다면 심심하다면
두 손 모아 버들잎 부세요
말은 소곤소곤 해야 해요
보지 마세요 눈길은
친친히 또 따뜻하게 보내는 거에요

혈액이 사랑으로 출렁일 거에요
버드나무 카페엔
세상에 없는 것이 있고
세상에 있는 것이 없지요
당신은 이곳에서 당신의 나무를 키우고
당신의 동무를 만날 거예요
바람이 버들문을 열고
햇살이 닫아요
버드나무 카페로 오세요

(14.11.12)

나는 오후와

내 오후는 잘 반죽되어 통통하다
오븐 안에서 노르스름 익는다
나는 고양이 같고 햇살은 나 같다

시간은 장님이다
고양이를 모르는 생선처럼
어둠을 모르는 햇살처럼
세월을 모른다

너무 익은 빵이 싫다 부푼
빵이 아니라 부푸는 빵이 좋다
고양이와 햇살이 친구이듯
나는 오후와 장님을 좋아한다

(14.12.10)

침입
- 먹황새

그날 아침
너는 문득 돌아온 삼촌처럼
서 있었다 물끄러미 강변 모래톱에

그리고 폴짝
폴짝 춤추듯
물고기를 잡았다

반가운 손님이라고
나는 안절부절
엄폐하고 포복하고 셔터를 눌러댔다

놀란 네가 퍼덕퍼덕 날아간 뒤
나는 알았다
내가 강의 침입자라는 것을

(14.12.10)

3부

깃털

계란 볶음을 먹는데
깃털이 날아온다 아니 정확히는
내 검은 패드 잠바를 비집고 나온 오리 가슴털인데
그 가슴털 중 한 올이 다시
고요의 날개 저어
초속 1cm로
날아온 것인데

자유란 별 게 아니다
날아가는 거다
햇볕 환한 허공을 무수한 먼지들이 날아가듯
견고한 것들을 버리고

(12.3.3)

쉬

오줌을 눈다
거품이 인다
인생은 거품이라고
잔뜩 먹고 취하지 말라고
맑게 살라고
모여서 운다
하나 둘 꺼진다
(밸브 내리니) 꺽 사라진다

(12.3.3)

우스개

산에 가
옷 벗고 신발 벗어놓고

나는 새가 될까
흰 구름 될까
최치원처럼 한바탕 웃고

한 짝 다리 들고 선 오백년 소나무 될까
사라진 호랑이들이랑 모아 모닥불 피워 감자 구워먹고 노래할까
밤새 안개 만드는 강이 될까

거미줄 흔들리는 걸 보다가
아무도 몰래
웃는 허공 될까

아삭아삭 잎사귀 갉는 초록 벌레
아니면
벌레의 입자국 될까

(12.3.19)

카타르시스

울음 없으면 삶이 아니지
이불 뒤집어쓰고 숨죽인 흐느낌 없으면
서럽게 목 놓아 우는 울음 없으면 아니지
줄줄줄 걸으며 밧줄처럼 흐르지 않으면 삶도 아니지

사람이기에
가슴에 재워둔 사랑 있기에
외로움과 다하지 못한 꿈이 두엄더미처럼 썩어서
울음은 뜨겁고 짜다

고양이 목을 쓰다듬다가
방바닥 먼지를 쓸다가
바늘구멍처럼 작은 햇살이 아프고
바람결 어렴풋한 향기가 서러워

그냥 툭 터져 쌀푸대 줄줄줄 쌀알 새듯
그러면 그 눈물 길 따라 헨젤과 그레텔처럼
그대와 나 종달새처럼
카타르시스라는, 저 잊혀진 고향에 가게 될지

넘실대는 바다만 바다가 아니고
알렉산드리아만이 위대한 도시가 아닌 것을
눈물도 약이라고
이 바다 비워지면 세상 비로소 구원 될지
지중해의 눈부신 카타르시스가 열릴지

그때쯤 한 개 사랑이 다시 열릴지

(12.3.19)

먼지 날다

먼지 날아간다 창을 여니 8·15 특사처럼 갇혔던 먼지 쏟아져 나간다 앞다퉈 밀지도 않았는데 불지도 않았는데 누웠던 먼지 불티처럼 인다 파도친다 질주한다 날아간다 파란하늘 새가 된다 옷도 살도 책도 이데올로기도 실연도 다 버리고 전생을 잊은 채 소리 없이 소리친다 달려간다 보라 먼저 간 먼지 따라 연달아 탈출하는 엑소더스! 날아라 먼지! 나는 힘껏 부채질 한다 먼지 날아간다

(12.3.20)

개망초

잊으려 잊으려
산에 갔더니

묵정밭 개망초
구름밭 흐드러졌네

조심조심 디뎌도 밟히고
조심조심 걸어도 꺾이는 꽃들
그만 가자

돌아보니
멧돼지 길처럼 어지럽네
꺾인 꽃들 어찌할꼬
솜털 맺어 하늘 날 수 있을는지

돌아와 생각하니
차라리 꺾어 올 걸
꺾어 병에라도 꽂을 걸

건넌 산 구름 뭉게뭉게 피었네

(12.6.19)

고라니

아침 국도 변
고라니가 누워 있다
왼쪽 뺨을 젖은 아스팔트에 기댄 채

검은 눈의 망막엔 비눗방울처럼
국도의 이쪽 끝과 저쪽 끝
밝아오는 하늘이 모두 담겨 있다
가등이 꺼져 오는 사이
시속 100킬로의 비명이 입술 사이로 흘러내렸다

어쩌면 서안에 고립된 팔레스타인처럼
그들은 오랫동안을 그리워했으리라
여름 풀밭은 향기로워 참을 수 없었으리라
어미를 떠나
해 뜨는 언덕에서 쩌렁쩌렁 외치고 싶었으리라

모든 죽음은 타살이고
우연이란 없다
그것을 증명하기 위해 고라니는 쓰레기 자루처럼 던져졌다

자동차들은 멈칫 놀라고 예의를 지켜야 한다는 듯 비껴간다

단단한 정강이로 이슬을 털며
고라니가 걸어간다
박하향 가득한 풀밭을 지나
걸어간다
나비처럼 가볍게

(12.7.3)

비스듬 까르르

천변 돌 가장이 강아지풀
쭉!

직선이지만 부드럽다
수직이지만 비스듬히
팽팽하다

춤춘다
두 손 펼치고
빙글빙글 푸득푸득 까르르

빗줄기도 저러하였을 것이다
나무도 저러하였을 것이다
햇살도 저러할 것이다
까르르 까르르
비스듬히 까르르

비스듬
비스듬

비스듬히 도는 지구

(12.7.3)

나팔꽃

저 꽃은 어떻게 하늘로 오를까
검은 땅에서 저렇게
가느다란 동아줄 타고
보이지 않는 사다리 놓으며
난간마다 하얀 손 뻗어
하늘하늘 손끝 잡으며
햇살을 당기고 하늘로
미열이 흐르는 바람 속에
자줏빛 피처럼 봉오리 맺고
가느다란 고통의 숨결 꼬며
하나씩 하나씩 문을 열며
슬픔을 감싸고 안고 기어서
더듬 더듬 더듬더듬
노래가 들려 이슬이 흔들려
썩어 부스러진 거름으로부터
하얗게 일어나는 안개처럼
다시 하늘로
제 몸을 허공에 묶고
기어이는 파랗게 오므라들며   (12.8.15)

한 번 더

한 번 더!
아이들이 외친다 한 번 더
업어달라고

업어주면 와락 달려들어 숨이 막힌다
내려주면 주자마자 다시 외친다
한 번 더! 한 번 더! 외치고 조른다
다시 업어주면 깔깔깔 활개친다 발장구친다

그래 나는 말이다
너희들은 어둠을 물리치는 용사다
사자보다 우렁차게 외쳐라
한 번 더! 한 번 더! 다시 한 번 더!

두려움을 물리치는 주문
한 번 더! 다시 한 번 더!
무슨 일이 있어도
어떤 일이 있어도
한 번 더!

지진이 일어나고 해일이 닥쳐도
냉대와 절망이 찾아와도
사자새끼처럼 튀어 오르고 달려들어라
한 번 더! 한 번 더! 다시 한 번 더!

(12.8.31)

거지왕

가지지 않은 자에게 소유란 족쇄여라
하늘과 바람과 꽃과 새들로 북적이니
버려진 것들
망가진 것들
부서진 것들을 거두어
왕은 거미처럼 흡족하다

눈물로 틈을 메우고
자장가를 부른다
고단한 하루였다

햇볕을 사랑한 디오게네스
나무를 사랑한 붓다
광야를 사랑한 예수는 형제다

햇살이 아침을 열고
별들이 저녁을 연다

모든 길은 길이 아니고

길 아닌 길이 길이다
길은 거리에 있지 않다

거지왕의 발은
갈라지고 터진 곳을 누빈다
어설프고 못난 것들을 만진다

보라 바람의 노래를
들으라 햇살의 노래를
아무것도 아닌 것이 곧 모든 것이다

짐의 하루는 더할 것도 뺄 것도 없다

(12.9.11)

내가 아이였을 때

내가 아이였을 때
세상엔 선도 악도 태어나지 않았네
풀잎은 나비를 위해 자리를 깔고
나비는 풀잎을 쓰다듬었네
햇살은 헛되이 쏟아지지 않았네

내가 아이였을 때
밥하고 빨래하고 청소하는 엄마의 소리는 음악이었네
나는 엄마의 가슴을 만지며 잠들었네
세상의 딸그락거림은 얼마나 경쾌한 장단이었는지

내가 아이였을 때
바다는 아직 태어나지 않았고
지구는 마을보다 좀 큰 둥지였네
세계도 나와 함께 자라고 있었네

내가 아이였을 때
이끼의 숲은 밀림보다 거대했고
나사와 돌멩이는 보석보다 값졌네

언제나 불꽃은 살아 펄럭이는 마법이었네

내가 아이였을 때
나는 도화지 한 장이면 충분했네
봄날 흙바닥을 뒹구는 강아지처럼 기꺼웠으니
가난을 원망하지도 부자를 부러워하지도 않았네

내가 아이였을 때
세상은 물렁했고 모든 것들은 빛났네
부끄러움도 오만도 모르는 채
예쁘고 신기한 것이 있으면 달려갔네

하지만 어른이 되자
빛은 퇴색하고
만지는 것마다 딱딱해졌네
추억의 골목과 오솔길도 사라졌네
길이 도로에 묻히고 위로 고속도로가 다시 나고
육박같이 굉음이 지나갔네

아직도 아이들은 보물을 주울까
아직도 아이들은 개구리를 잡을까
여전히 펄럭이는 불꽃을 사랑할까
세상의 신비를 신비롭게 만날까

아궁이에 불을 넣으며

세상 모든 아이들만이 정말 보물을 안다고

새삼 놀라네

(12.10.11)

꽃은 꽃잎을 줍지 않는다

마당에 핀 코스모스 하얀
꽃 아래 꽃잎 흩어져 있다
가을볕에 난만하다
아궁이 옆 고양이가 햇살을 핥다가
살살 가시이빨로 손가락을 긁는다
감나무 그늘에서 지저귀던 참새
그림자 벗어놓고 날아간다
꽃과 꽃잎, 고양이와 햇살
새와 그림자 사이가 밝다
꽃은 꽃잎을 줍지 않고
햇살은 멈추지 않는다
새가 계속 지저귄다

(12.10.19)

자유

자유는 가난한 것
돈 따위에 목을 걸지 않는 것
개구리가 웅크린 뒤
어디로 뛸지 모르는 것처럼
지금 당장 내 의지대로 내 손과 발과 몸을 놀릴 수 있는 것
내 시간의 사용을 내가 결정할 수 있는 것
비오는 날 방바닥에 뒹굴거나
시험 따위는 거들떠보지 않을 수 있는 것
그것은 나의 자유

불고 싶을 때 부는 바람처럼
날고 싶을 때 나는 새처럼
피고 싶을 때 피는 꽃처럼
일하고 싶을 때 일하고
말하고 싶을 때 말하고
사랑하고 싶을 때 사랑하며
내가 나를 밀고 가는 것

자유는 두려운 것

어떤 권위도 용납하지 않고
어떤 상식에도 굴하지 않고
그 많은 지식 따위는 퀴즈쇼에나 써 먹으라지 콧방귀 뀌고
내가 직접 지금 내 앞의 현실을 뚫고 가는 것
광부처럼 고독하지만 고독할수록
또렷해지는 별빛처럼 본능과 야성에 눈 뜨는 것
재갈도 눈가리개도 견디지 못하는 말처럼
생명으로 사랑으로 날뛰는 것
견딜 수 없는 것

자유는 그리운 것
조약돌 냄새를 기억하는 연어처럼 몸살 나는 것
구름에도 능선에도 풀씨에도 숨어
자유는 신발코에도 반짝이는 것
방향을 일제히 바꾸는 되새무리의 선회
각자이며 전체인 그것이야말로 연대!
폭포를 뛰어오르는 연어떼처럼
자유는 같이 춤추는 것

내가 자유로울 때 네가 자유롭고
네가 자유로울 때 내가 자유로운 것
지금 내가 결정하고 실행할 수 없다면 그것은 노예
모두가 자유!
자유이기에 존중하고 자유이기에 존중받는 것

개와 고양이와 메뚜기만큼도 자유를 가지지 못하더라도

우리는 여전히 자유

너무나 눈부시게 자유!

(12.10.19)

슬슬, 야 ~ 옹

된서리 언 아침
마루를 훔치고 샘에서 걸레를 빤다
올해 태어난 들레가 슬슬
기어와 건너편 세숫대야를 핥는다
꼬리를 흔든다 슬슬
너는 겨울이 처음이지?
들레는 슬슬
내 걸레 빠는 세숫대야로 온다
주저 없이 홀짝홀짝 구정물을 핥는다
참 잘 먹는다
(누가 구정물이라고 했는가)

걸레를 빨아 널고 툇마루에 앉았는데
들레가 슬슬 기어와 자꾸 앞섶을 파고든다
항복! 나는 털쟁이를 받아들인다
내 손은 들레를 쓰다듬고
깔깔한 혀가 손가락을 핥는다
따스한 햇살 아래 늙은 부부처럼
다정하다 파리처럼 한가하다

들레 수염은 하얀 수염
내 머리는 하얀 머리
햇볕도 하얗다
들레는 생쥐 잡아먹고 내 품에 시침 떼고
나는 들레에게 잡혀 털투성이가 된다
슬슬 사람고양이가 된다 야 ~ 옹

(12.11.15)

청개구리

무서워서 달라붙은 게 아니다
말뚝이처럼 튀어나온 눈으로
가장 높은 곳에서 세상을 거꾸로 보기 위해
청개구리는 매달려 있다
에펠탑보다 높고 나이아가라보다 웅장한 곳도
18개 발가락으로 답파한다
손가락 두 개가 끊어져도
흔들흔들 빌딩에 매달린 인부처럼 위태하거나
유구한 시계불알처럼 지루하지 않다
차가운 초록 심장
만월을 향한 꿈
손끝에 일생일대를 건다
히말라야를 오르는 클라이머만 아니다
새들이 일제히 솟구쳐 활강한다
구름은 찢겨 날리며 축복한다
청개구리의 결연한 발끝을

(12.12.25)

대관령 이야기
- 대관령 김중석 할아버지

영 위 서천 꽃밭양지

사람 살리는 살살이꽃 숨살이꽃 있지요

눈 번쩍 뜨는 혼살이꽃도 피지요

해마다 꽃치마 날리며 강릉 아지매들

꽃밭양지에 양귀비처럼 피지요

어미는 곤드레 취 꺾다가 서천 가고

아비와 나는 끄으름 나는 고클 관솔 피고

겨우내 눈굴에 파묻혀 곰잠 잤지요

밤에는 호랑이가 찾아와 들여다보는 서낭골

아침이면 처녀가 매달려 흔들렸지요

사람 살 곳 아니라며 빈 토막골

투방엔 꺼먼 문짝만 덜컹덜컹

어미만큼이나 그리운 고등어 한 손

저 아래 희푸르게 빛나는 강릉 바다

하늘빛 파란 아비 팔뚝만한 생선 땜에

나는 보채고 보채 아비 지게를 타고

아흔아홉 구비 내리다 잠들었지요

호랑이 손자손녀들 졸졸졸 따라와도

아비는 하나도 안 무섭다며
꼭두새벽 대굴령 60리길 꿈같은
꽃밭양지 사람 살리는 꽃사요
사람 살리는 나물 사요 쌀팔고
국밥 한 그릇 나누어먹었지요
눈감으면 코 베어간다는 장터에서
영신과 호랑이 나라로 돌아올 때면
고등어 한 손 그 비릿한 것이
어미의 젖꼭지같이 달콤했지요
꿈인지 생신지 자꾸만 좋아 퍼득였지요

(12.12.26)

의문들

어떻게 나는 나인가
왜 녹이 끼고 이끼가 돋을까
어떻게 세월은 기억을 지우고
칡넝쿨은 포크레인을 휘감을까
어떻게 쑥은 아스팔트를 뚫을까
나비는 겨울을 어떻게 건너고
평화는 언제 찾아올까
내던져진 바람 속에 의미를 잃지 않고
오늘도 피어나는 풀처럼
우리들은 언제 자유로울까
흔들린다 서 있다 웃는다 외친다
바람이 불고 흔들린다 외친다
파도쳐 나부끼는 풀들 꽃들은
천의 알람처럼 어떻게 일제히 깨어날까
빼앗긴 들에도 봄은 올까 결국
한 평 보습 대일 땅이 있을까
쓰러져 가는 빈집의 문을 열고 다시
살림의 아궁이를 환히 지필 수 있을까
바람의 파도를 타고 넘는 나비는

산 넘고 국경 넘어 별들 속에 잠들까

별들은 노란 싹을 내밀까

진실이 결국 승리할까

아니야 아니야 아니야 아니야

쉼 없이 껍질 벗는 태양처럼

힘차게 아침은 올 거야

(13.3.7)

별의 이데올로기

선조의 믿음처럼 모든 별이
북두를 향해 도열한 게 아니었다
근정전 품계석처럼 읍하지 않았다
별들은 각자 자기에 취해
회전하며 어둠의 행성에
힘차게 아침을 던진다
그러나 안 보이는 사랑이여
밤을 새워 대양을 건너는 새는
밤을 새워 노래한다
각자이며 함께 무엇도 섬기지 않는다
죽지의 심줄을 당겨
제가 저를 쏠 뿐이다
커이 커이 커이 커이
횡대의 파도를 만들 뿐이다
새들은 북극을 향하지만
북극에 가지 않는다
황혼에 물든 아무르의 풀밭을 활주한다
가자 가자 더 깊은 어둠 속으로
우리들의 풀밭으로

(13.3.10)

동그라미

동글동글 공벌레처럼

떼구르르 눈사람처럼

땅바닥에 쭈그리고 앉아 글씨 쓰다가

식탁 위 물방울로 그리다가

참 착하고 순하구나 동그라미는

눈물보다 웃음보다 예쁘구나

못 생겨도 동글동글 잘 생겨도 동글동글

모두 하나같이 비슷하고

모두 하나로 손잡은 동그라미는

종교 중 가장 순결한 종교

산업 중 으뜸 산업

내 나라도 내 학교도 동그라미

나는 사람을 만나면 동그라미를 그려야지

그이도 동그라미로 답하면

우리는 동그라미 동포

그이가 동그라미를 안 그려도 상관없어

네모도 세모도 결국은 동그라미니까

잔뜩 긴장하던 각들도 언젠가는 풀어질 거야

나는 동그라미를 사랑해

해와 달처럼 거창하지 않아도
엄마의 가슴처럼 따뜻해
울퉁불퉁 돌멩이도
나는 동그란 것들을 사랑해
특히나 동그란 아이의 눈은
온 우주가 담긴 수정이야
나는 물방울을 사랑해
동글동글 그대 웃음을 사랑해

(13.3.19)

아침에

세상을 위해
하늘은 밤마다 내려와
울고 가신다

아침엔
풀잎마다 이슬이
맺혀 있다

먼 길 나서는 이여
그대 옷섶도
젖어 있다

(13.4.7)

토끼야 뭐하니

토끼야 토끼야
굴 안에서 뭐하니
할퀴지 못하는 발톱
뿔 없이 고슬고슬한 머리
큰 귀로 눈물 닦으며 울기만 하니
멍멍개 온다 야옹이 온다
깡충깡충 달려라
달아나 착하게 살자
새콤달콤 풀 먹으며
싸움도 공부도 팽개치고
깡충깡충 뛰놀자
나는 네 편이다
오순도순 굴 안에서
씀바귀 먹고 시금치 먹고
생글생글 웃자

(13.4.8)

오월 편지

나는 편지를 써요
오월 잎에 초록을 써요
하늘을 꿈꾸는 애벌레들이
아삭아삭 내 이야기를 먹어요
햇살은 잎마다 뛰어들어
캔디처럼 감싸여요
내 시간은 머릿결처럼 곱고
하루의 빵은 둥글게 부풀지요
나는 편지를 써요
호기심 많은 참새가 어깨에 앉아
들려주는 이야기
채송화 싹의 작은 속삭임
클로버잎 빗금처럼 차분한 생각들
오늘 밤 내 텃밭엔 작은 돌과
풀잎이 기대어 잠들 거예요
나는 편지를 써요

(13.5.15)

지금, 여기, 나

내겐 보물이 있다
천만금보다 소중하고
세상 그 어떤 지위보다 고결한
누구도 가질 수 없는 나만의 보물이 있다
그것은
지금,
여기,
그리고 나

동서남북 모든 길을 열고
아름다운 하늘과 땅이 펼쳐진다
햇살과 빗방울이 반짝이고
풀잎과 새와 함께 호흡한다
나무와 바위는 영원의 별빛을 가리키고
파도는 생명의 북을 두드린다
그들은 모두 노래한다
지금,
여기,
그리고 나

나는 한 개 겨자씨고
첫 마디 말이다
나는 먼지보다 작고
우주보다 크다
나는 있어 보지 않았고
없어 보지도 않았다
가슴 가득 신비를 품은
지금,
여기,
그리고 나

(13.6.1)

벌레와 나

여름마당은 요란하다
달팽이 공벌레 무당벌레 노린재
땅벌레 풀벌레 날벌레들
나는 오늘도 28점 무당벌레 열 마리를 잡아 죽였다
가지와 토마토를 얻기 위해
달팽이는 포기했다

여름이 되니 방에도 벌레들이 쳐들어온다
벼룩이 문다
얼마 전엔 죽여도 죽지 않는 지네를 죽이며 괴로웠다
곰팡이들도 벽을 타고 올랐다

가만히 앉아 있으면
벌레들과 나는 한 집 식구들인데
내 알량한 청결과 위생, 그리고 가업으로
나는 매일 식구들을 잡아 죽인다

인도의 자이나 승려들은
무심히도 벌레를 해치지 않기 위해

입을 가리고 앞길 쓸며 달팽이처럼 일렬로
천천히 맨발로 그저 미안해하며 걸어가는데

나는 간지러움과 따가움을 참지 못하고
날벌레를 또 때려잡고
삶의 비애를 느낀다
마당에서도 방바닥에서도 평화를 이루지 못한다

(13.7.9)

아름답다는 것

사는 것은 힘 드는 일이다
냇물이 저절로 바다로 가는 것이 아니듯
하늘 아래 저절로 생기는 것은 없다
콩은 뿔처럼 싹을 내밀고
개구리는 발끝까지 튕겨야 솟구친다
모든 것 당기는 중력도
저절로 생기지 않는다 해와 경의
원자들이 필사적으로 끌어당긴다
휘날리는 먼지를 보아라
허무와 벌이는 전쟁이다
물론 우리는 안다
언제나 어둠의 입이 더 크다는 것을
그리고 어처구니없게도
바위가 물방울에 뚫린다는 사실을
때가 오면 열차는 출발한다
기다림도 양보도 없다
침목처럼 하루도 확실하다
그러나 아름답지 않고서는
누구도 살지 않는다

(13.7.29)

숲은 폐허를 기억할 때마다 일렁인다

폐허는 아름답다
드러누운 기둥과
자리를 잃고 흩어진 벽돌과
의미를 잃어버린 무늬와
잔해는 아름답다

여름 한철 홀씨들
폐허의 허공을 눈부시게 날아다닌다
풀의 바다가 일렁인다
아, 곡선들
폐허를 가득 채운 노래들

우리가 짓고 쌓은 말과
심정이 이렇게 나부낀들 어떠리
적막만은 아니리
해와 달 지나고 밤의 휘장이 소리 없이 늘어지더라도
어느 날인가에는
폐허의 한가운데 다시 나무가 일어설 것이다
숲이 일어설 것이다

그리고

숲은 폐허를 기억할 때마다 일렁일 것이다

(13.12.3)

어련히 알아서

알아서 큰다
나무는 크라고 해서 크지 않는다
풀은 자라라고 해서 자라지 않는다
그냥 알아서 큰다

햇살은 그저 내리고
비도 그저 내리고
강도 그저 흘러간다

꽃이 핀 걸 알고 벌이 날아오고
여름 온 걸 알고 매미가 운다
서리 내리면 감이 달아진다

그냥 안다
씨앗은 모두 그냥 알고 있다

왜 사람만 자꾸 다그치는가
어련히 알아서 큰다고
어련히 알아서 한다고   (13.12.6)

별들이 불을 켤 때

그대여 어느 날
그대가 어느 낯선 길을 가다가
그대의 눈길이 자꾸만 발끝으로 떨어지고
돌 하나가 그대를 잡을지 모릅니다
그럼 그대는 햇살 아래
그대의 부드러운 손바닥을 펴고
섬세한 시선으로 돌의 퇴적과 습곡과 어둠을
밝혀 나갈지 모릅니다
돌은 비로소 턴테이블의 레코드처럼
침묵의 노래를 풀어낼 것입니다
잠시 서서 당신은 그 돌의 시절을 애틋해하겠지요
하지만 다시 길을 걷다
이번엔 유난히 붉거나 파랗거나 혹은 울퉁불퉁한 돌이
다시 그대를 부를지 모릅니다
상처가 더욱 간지럽고 얼룩에 더욱 눈이 가듯
당신은 오후 한때를 다 허비하며
돌들의 노래를 듣다가 어느 새 해가 질지 모릅니다
그리하여 아침별이 그러하듯
세상의 모든 빛이 뒷걸음치고

사물들이 저마다의 문을 닫을 때
그대는 비로소 어둠이 될지 모릅니다
아무도 지나지 않는 길가
홀로 남겨진 돌처럼
한낮의 온기를 간직하겠지요
하나 둘 켜지는 별빛 아래

(13.12.10)

후기

근황

2012년 나는 서울살이를 접고 내성천변의 소나무숲이 아름다운 마을에 내려가 살게 되었다. 내겐 대책이라는 게 없었다. 무대책이 대책이었다. 때론 속수무책이지만 움츠리기보다 그것을 맞이해 기꺼이 살기로 했다. 포기가 낙관을 만들곤 했다. 시력이 나쁜 두더지처럼 직관을 믿고 방향을 가늠했다.

세상에 갓 태어난 아기처럼 무력했으나 계절이 바뀌면서 하나 둘 익숙해져 갔다. 엉터리 텃밭농사를 짓고 산을 다니며 하나 둘 산식구들을 만나고 발견하는 재미가 있었다. 외로울 때도 있었지만 방을 기어다니는 거미와 마당의 개구리, 도롱뇽과 무수한 별들이 위안이 되었다. 내성천의 이른 안개와 아침 참새들, 힘차게 들판을 내달리는 고라니, 풀들, 나무들, 벌나비, 그리고 파란 하늘과 눈부신 구름에게 배우는 게 있었다.

그 해 겨울 대관령에 가서 화전민들의 이야기를 들으며 책을 엮었다. 이듬해 내가 써 오던 시와 글을 묶었다. 일이 그리 될 줄은 몰랐으나 그러려니 했다. 다만 흐름과 방향을 짐작할 뿐이었다. 그러나 2014년 봄 내가 사는 내성천의 모래밭이 급속히 풀밭으로 변해 갔다. 지율스님과 내성천의 친구들을 따라다니며 가까이 살면서 보지 못한 강의 생명들을 새롭게 만났다. 하지만 모래강이 사라지는 모습을 보는 것이 내내 아팠다.

그리고 지금 나는 산 공부를 핑계로 천성산 화엄벌에 와 있다. 계절에 따라 펼쳐지는 수많은 꽃과 나무와 곤충과 새와 짐승들의 삶은 그야말로 화엄만다라였다. 나는 자연을 어머니라 부를 수 있게 되었다. 그동안 만난 산과 강의 식구들은 아름답고 또 눈부셨다. 모두가 나의 스승이었다.

부모님

나의 아버지(심우석)와 어머니(신금균)는 일제 말에 태어나 분단과 전쟁과 독재와 근대화를 겪으시고 이제 팔순을 바라보신다. 삶 자체가 고생이셨다. 평생 운전대를 잡고 가정을 이끄신 아버지는 참으로 성실(誠實)하셨다. 어려운 살림에도 알뜰과 다정으로 밝히신 어머니는 참으로 정성(精誠)이셨다. 돌이켜보니 당신들의 삶이야말로 참된 삶이었다. 성실과 정성은 당연히 내가 물려받아야 할 유산이다. 하지만 두 분의 성실과 정성을 나는 감히 따르지 못하고 있다.

나를 낳아주시고 길러주시고 또한 가르쳐주신 부모님께 감사드린다. 나는 아직 아름드리 나무의 그늘에서 노는 아이와 같다.

또한 돌아가신 할아버지(심권식)와 할머니(이기순)는 더 험한 시절을 힘겹게 살아내셨다. 그 윗대 조상들은 또 어쩌했을까? 통한의 역사를 살아낸 이 땅의 필부필부 모두가 나를 있게 한 뿌리일 것이다. 이 땅의 참된 백성을 나는 잊을 수 없다.

하늘과 땅이 나의 부모이고 뭇 사람이 나의 부모라는 말이 실감으로 느껴진다.

지금 여기

우리는 지금 여기를 벗어날 수 없다. 언제나 지금 여기다. 하지만 지금 여기를 호명하는 순간 결단이 필요함을 느낀다. 지금 여기의 삶이 결코 쉬워 보이지 않는다. 공교롭게도 사회의 온갖 형식과 절차가 지금 여기의 삶을 보지 못하게 하기 때문이다. 내가 그랬다. 학교에서도 직장에서도 살고 있다는 느낌이 들지 않았다.

우리가 꿈꾸는 행복이란 무엇일까? 참고 참으며 추구하는 명문대, 대기업, 빌딩이 과연 우리가 꿈꾸는 행복일까? 나는 미래의 행복을 믿지 않는다. 지금 여기 살아 있는 내 몸의 느낌과 마음을 믿을 뿐이다. 지금 여기야말로 수많은 가능들이 태어나는 자궁이고, 지금 여기야말로 모든 때와 모든 장소가 만나는 광장이다. 천국이 있다면 지금 여기여야 한다. 하늘 아래 땅 위 지금 여기에서 우리는 과거와 미래를 만나고 무한한 차원의 공간과 공명한다. 나는 과거에 짓눌리거나 미래에 빠져 살지 않기를 바란다. 지금 여기가 아닌 어떤 다른 곳에서도 살고 싶지 않다.

그러나 내 시가 지금 여기만을 노래하는 것도 아니다. 과거와 미래, 꿈과 현실이 교차한다. 오히려 나는 열망하고 꿈꾸는 편이다. 그것도 지금 여기라고 생각한다. 그럴수록 자명해지는 것은 지금 여기가 객관적인 것이 아니라 철저히 주관적이라는 것이다. 오직 필요한 것은 자기충실성이다. 슬플 때는 슬픔을 온전히 사랑함으로써 극복하게 된다. 아플 땐 아픔을 겪으며 나아진다. 외로움은 얼마나 큰 보금자리인가? 자유를 되찾고 삶을 가꾸어

가기 위한 더 없는 시간이다. 지금 여기야말로 삶의 모든 것이다.

나와 시

나는 내가 아니다. 내 안엔 무수한 사람들이 산다. 사람뿐이겠는가? 하늘과 바람과 강물과 나무와 바위가 내 안에 함께 산다. 나를 통해 산다. 시를 쓸 때 나는 이들이 나를 통해 말을 한다고 느낀다. 그렇기 때문에 가급적 이들을 위해 노래하고 싶다. 내가 곧 자연과 인류의 열매인 까닭에 특별히 나를 주장하는 건 어리석어 보인다. 오직 감사하고 죄송할 뿐이다. 내 시는 세상의 바람이 풀대에 흘리는 노래다.

하지만 우리는 지나치게 사적 존재에 집착하며 살고 있다. 잊힐 만하면 저작권과 표절 시비로 시끄럽다. 공공과 사적 영역도 확연히 분리되어 버렸다. 그러나 내 느낌과 생각은 그렇지 않다. 모두가 나고 공사가 하나다. 느낌이 섬세해질수록 너와 나를 분리하기 어려운 것 같다. 그저 온 세상이 한통속 같다. 나는 오직 지금 여기에 살며 느끼고 생각하고 노래하고 싶다. 내 느낌이 사랑으로 충만하기를 바란다.

내가 물려받은 시라는 양식을 통해 나는 이러한 느낌과 생각을 담고 싶었다. 시를 쓰지만 내게 중요한 것은 언어보다 그것이 담고자 하는 진실한 느낌과 생각이었다. 그러나 나는 좋은 피리가 아니다. 그저 거친 풀대에 지나지 않는다. 과잉과 부족이 비일비재하지만, 시를 통해 진정이 조금이라도 전달되었으면 좋겠다.

우리 모두가 햇살 아래 자유롭게 또 사랑하며 살 수 있기를!